„Manchmal muss man das Licht in den kleinsten Dingen suchen, um das Große zu erkennen."

Stella Goldregen

tredition

ISBN: 978-3-384-43382-4

Stella Goldregen

Ein kleiner Lichtfunke auf Erden

Vom Wachsen, Werden und Erblühen

Ein kleiner Lichtfunke saß hoch oben auf einer Wolke und blickte verträumt zur Erde hinab. Der Planet schimmerte in leuchtenden Farben, voller Leben und Geheimnisse. „Wie wunderschön es dort ist", dachte er. „Ich wünschte, ich könnte ihn selbst erleben."

Mama-Licht, die Quelle allen Lichts, bemerkte seine Sehnsucht. Sie lächelte und sprach: „Wenn dein Herz dich ruft, kleiner Funke, dann will ich dir diesen Wunsch gerne erfüllen."

„Oh, wirklich?", rief der Lichtfunke begeistert. „Das wäre so wundervoll!" Vor Freude tanzte er zwischen den Sternen und wirbelte funkelnd durch die Nacht.

Doch Mama-Lichts Stimme wurde plötzlich sanft und ernst. „Bevor ich dich zur Erde schicke, möchte ich dir etwas Wichtiges mit auf den Weg geben. Die Menschen, kleiner Funke, sprechen oft eine andere Sprache als das Licht. Ihre Taten wirst du nicht immer verstehen und manchmal könnten sie dich traurig machen. Aber denke daran: Du bist Licht. Das kannst du niemals verlieren. Und eines Tages wirst du zu mir zurückkehren."

„Und was soll ich tun, wenn ich etwas nicht verstehe?", fragte der kleine Lichtfunke.

„Dann erinnere dich an das Licht in dir und genieße die Zeit, die dir geschenkt wird. Sie ist wie ein Atemzug – kurz und doch voller Wunder."

Der kleine Lichtfunke schwieg eine Weile. Dann schmunzelte er. „Mama-Licht, was werde ich denn auf der Erde sein? Ein Mensch oder ein Tier?"

„Du wirst ein Baum sein."

„Ein Baum?" Der kleine Lichtfunke blinzelte überrascht.

„Ja, ein Baum", sagte Mama-Licht mit einem Lächeln. „Bäume sind die stillen Hüter der Erde. Ohne sie wäre kein Leben möglich. Sie tragen die Geschichten der Welt in ihren Wurzeln und schenken den Menschen das, was sie am meisten brauchen: Schutz, Ruhe und Atem. Du wirst wachsen, lauschen und mit deiner Stille sprechen. Du wirst erleben, wie die Menschen die Welt um dich herum gestalten. Und du wirst erkennen, dass es oft die leisen Dinge sind, die am tiefsten berühren."

„Das klingt so anders", murmelte der kleine Lichtfunke. „Als Baum die Welt erkunden? Wie soll das gehen?"

Mama-Licht legte ihre strahlenden Flügel um ihn. „Du wirst sehen. Vertraue darauf. Du bist feinfühlig und genau das wird dir helfen, all die kleinen und großen Wunder zu entdecken."

Der kleine Lichtfunke schaute noch einmal zur Erde hinab. So viele Farben, so viele Geheimnisse. Das Abenteuer lockte, aber ein leises Flattern blieb in seinem Inneren. Doch dann spürte er Mama-Lichts Liebe, warm und sanft wie ein Sonnenstrahl. In dieser Geborgenheit schloss er die Augen und schlief ein.

Als der kleine Lichtfunke die Augen öffnete, war alles um ihn herum dunkel. Es war kühl, ein wenig feucht und die Luft roch nach Erde. „Wo bin ich?", fragte er leise, noch ein wenig verschlafen.

„Du bist in einem Samenkorn, tief unten im Erdreich", erklang Mama-Lichts vertraute Stimme, warm und ruhig. „Ein wenig musst du noch wachsen, kleiner Funke. Aber schon bald wirst du das Licht der Welt erblicken."

„Oh", flüsterte der kleine Lichtfunke. Er blinzelte in der Dunkelheit und versuchte, mehr zu erkennen.

Nach und nach bemerkte er das leise Murmeln um sich herum – das geschäftige Trippeln der Ameisen, die mit ihren winzigen Füßchen über ihn hinweg huschten, das Lachen der Regenwürmer, die gemächlich vorbeiglitten, und das Schnaufen eines Maulwurfs, der geradewegs in seine Nestkammer zurückkehrte.

Auch die Wurzeln der Pflanzen und die glatten Steine hatten ihre eigenen Stimmen. Sie sprachen langsam und bedächtig und ihre

Worte klangen wie ein altes, vergessenes Lied. Der kleine Lichtfunke lauschte ihnen mit staunendem Herzen.

„Was für eine Welt das ist", dachte er. „So still und doch so lebendig."

Jedes Mal, wenn er das Gefühl spürte, als würde etwas Sanftes über seine Samenhülle streichen, wuchs er ein kleines Stück. Es war, als ob die Erde selbst ihn liebevoll ermutigte.

„Ich werde größer und stärker", stellte er fest. Ein warmes Gefühl durchflutete ihn und mit jedem Moment empfand er sich mehr als Teil dieses neuen Lebens.

„Heute fühlt sich die Erde besonders warm an", dachte der kleine Lichtfunke. Ein sanftes Kribbeln durchzog ihn, als ob die Erde selbst ihm ein geheimes Versprechen zuflüsterte.

Wärme und Wachstum umhüllten ihn und er spürte, wie sie ihn dazu einluden, sich zu dehnen, zu strecken und zu wachsen.

Er nahm all seine Kraft zusammen, zog sich zusammen und dann, mit einem kräftigen Ruck, durchbrach die Spitze seines Baumpflänzchens die Erdoberfläche.

Plötzlich traf ihn das Licht der Sonne. Es war ein so helles und lebendiges Licht, dass er fast die Augen zusammenkneifen musste.

Er sah sich ehrfürchtig um. Die Welt war weit und wunderschön. Die Farben um ihn herum waren so intensiv, dass er das Gefühl hatte, ein Teil von etwas viel Größerem zu sein.

Das Leben floss durch seinen Baumkörper, warm und kraftvoll. Der Wind spielte mit seinen ersten kleinen Blättern und er konnte die

Sonne auf seiner Oberfläche spüren. In diesem Moment wusste er: „Jetzt kann das Abenteuer auf Erden beginnen."

Tag für Tag wuchs und wuchs das Baumpflänzchen, wurde größer und stärker. Der kleine Lichtfunke staunte darüber, wie schnell alles geschah. Der Stamm wurde kräftiger, die Äste breiteten sich immer weiter aus.

Im Frühling begannen die ersten zarten Blätter und Knospen, sich aus den Baumästen zu entfalten. Die Luft war erfüllt von Summen und Flattern, als all die kleinen Insekten sich auf den Blüten niederließen, um sie zu bestäuben. Die Vögel sangen ihre Lieder und die Elfen, deren Flügel fast so durchsichtig wie der Morgentau waren, berührten sanft das Lichtkleid des Baumes.

Der Frühling war wie ein Tanz, der die Erde mit Leben füllte. Doch wie alle Dinge, die in einem Rhythmus fließen, verging auch dieser Frühling und ging über in den Sommer.

Der Sommer brachte Wärme, heitere Sonnenstrahlen und klare Tage. Der kleine Lichtfunke genoss die langen heißen Stunden, in denen die Sonne sein Blattwerk in goldenes Licht tauchte. An windstillen Tagen atmete er den erdigen Duft der Erde ein und lauschte den Geschichten der Naturwesen, die sich leise um ihn versammelten. Auch das laute, dramatische Sommergewitter mit den blitzenden Lichtern und dem donnernden Grollen nahm er mit Ehrfurcht wahr. Der Regen, der den Boden kühlte, fühlte sich an wie eine liebevolle Umarmung.

„So hatte ich mir das Leben auf der Erde vorgestellt", dachte der kleine Lichtfunke, während er mit seinen Wurzeln fest in der Erde verwurzelt blieb.

Doch als der Sommer langsam in den Herbst überging, spürte er, dass sich die Zeit des Wachstums veränderte. Die Tage wurden kürzer, die Sonne strahlte weniger intensiv und die ersten Früchte fielen von den Ästen. Der Baum des kleinen Lichtfunkens begann, sein Blätterkleid abzulegen, das sich langsam verfärbte und lautlos zu Boden schwebte.

In seinem Inneren fühlte der kleine Lichtfunke eine leise Leere, aber zugleich auch eine feine Bewegung, die ihn dazu drängte, die verbleibende Energie achtsam zu lenken. Mit Bedacht schickte er seine Kraft von den Ästen durch den kräftigen Stamm bis in die Wurzeln hinunter. Nun kehrte eine ruhige und stille Zeit ein. Der Winter nahte.

Unter der Erde, in der Dunkelheit und Stille, erlebte der kleine Lichtfunke den Winter in einer Weise, die er nie erwartet hätte. Die Blätter waren gefallen, die Äste leer und ruhig. Die Energie floss nun viel langsamer als die Zeit davor. In dieser Ruhe hörte er die Gespräche der Tiere, die sich im Schutz der Erde versammelten. Er lauschte den Geschichten der Zwerge und der Weisheit der Steine, die in der Stille der Erde lagen. Das Verweben und Vernetzen seiner Baumwurzeln mit anderen Bäumen gaben ihm ein Gefühl der Verbundenheit.

Der Winter brachte ihm tiefe Einsichten und der kleine Lichtfunke begann, die besondere Magie und den Rhythmus jeder Jahreszeit zu verstehen. Jede von ihnen hatte ihre eigene Bedeutung und ihre eigene einzigartige Schönheit.

„Mama-Licht", dachte der kleine Lichtfunke voller Sehnsucht, „so viel Schönes durfte ich schon erleben, fühlen und sehen. Doch was ist mit den Menschen? Wann werde ich sie kennenlernen?"

„Nicht mehr lange, mein kleiner Funke", antwortete Mama-Licht geruhsam. „Dein Licht wird bald wieder den gesamten Baum durchströmen. Das Rad der Natur dreht sich stetig weiter und der Frühling wird viel Neues bringen. Du wirst sehen." Mit diesen Worten flossen ihre beruhigenden Schwingungen tief in sein Herz.

Die Nächte wurden allmählich kürzer, die Sonne schenkte immer mehr Wärme und der

Frühling kehrte zurück, wie ein leiser Neubeginn. Der kleine Lichtfunke spürte, wie sein
Körper voller Energie war, bereit, in jedes
noch so kleine Ästchen seine ganze Kraft zu
verteilen.

Es war, als würde er aus einer ruhigen Zeit in
ein neues Erwachen gleiten. Der Frühling war
wieder da – eine Zeit des Wachsens, des Ent-
deckens und des Lebens. Die Liebe zum Leben
als Teil der Natur pulsierte in jedem noch so
winzigen Ast, der sich zur Sonne neigte.

Die Distanz des kleinen Lichtfunkens zum Horizont wurde ein kleines Stück kürzer und der
Blick, den er über die weite Erde hatte, wurde
weiter und freier. Er streckte sich immer weiter nach oben in Richtung Sonne. So friedlich
und ruhig, so tief verwurzelt und stark fühlte

er sich mit dem Urvertrauen, das Mama-Licht ihm mit auf den Weg gegeben hatte.

Völlig vertieft in diese Gedanken bemerkte der kleine Lichtfunke zunächst nicht, dass sich ihm ein Mensch näherte. Erst als eine zarte, kindliche Aura seine Rinde berührte, nahm er das Mädchen wahr, das an seinem Stamm lehnte.

Es war ein stiller Moment. Kein Ast regte sich, kein Blatt raschelte – nur Stille. Der kleine Lichtfunke fühlte eine tiefe Verbundenheit und Sanftmut gegenüber diesem Menschenkind.

Das Mädchen saß ganz ruhig da, lehnte mit seinem Rücken an der glatten, leicht erwärmten Rinde des Baumes und las zufrieden in seinem Buch.

„So fühlt es sich also an, wenn mich ein Mensch berührt", dachte der kleine Lichtfunke. In diesem Moment umhüllte er das Mädchen mit seiner Energie und eine riesige, unsichtbare Säule aus Licht entstand. Sie reichte tief zu den Wurzeln hinab und berührte zart den Himmel. Das Leuchten war so hell, dass es selbst in der tiefsten Dunkelheit sichtbar gewesen wäre.

Von diesem Moment an kam das Mädchen jeden Tag, um den kleinen Lichtfunken zu besuchen. Oft brachte sie Freunde mit und gemeinsam kletterten sie in die höchsten Wipfel der Baumkrone. Der kleine Lichtfunke lauschte ihren Geschichten, die sie sich gegenseitig erzählten oder ihm anvertrauten. Er fühlte sich mit jedem Wort und jedem Lächeln mehr als Teil ihrer Welt.

Als der Herbst kam und die ersten reifen Früchte vom Baum fielen, hatten die Kinder große Freude daran, sie einzusammeln und ihre Geschichten miteinander zu teilen.

Eines Tages, als die Sonne hoch am Himmel strahlte, lief das Mädchen auf den Baum zu. Der kleine Lichtfunke spürte eine tiefe Traurigkeit, die von ihm ausging, und fragte sich, was das Mädchen bedrückte.

„Warum bist du traurig, kleines Mädchen?", fragte er sanft, als die Stille zwischen ihnen wuchs.

„Das Handeln der Erwachsenen kann ich nicht verstehen", antwortete das Mädchen mit leiser Stimme, während es sich an den Baumstamm lehnte. „So vielen fehlt das Mitgefühl für die Tiere und die Natur. Sie respektieren das Leben um sich herum nicht. Aber als Kind wird meine Meinung oft belächelt und niemand nimmt sie ernst. Das macht mich traurig."

Tränen liefen über die Wangen des Mädchens und der kleine Lichtfunke fühlte, wie sich die Traurigkeit in ihrem Herzen ausbreitete. Doch statt zu erlöschen, wuchs sein Licht. Wie ein sanfter Lichtkreis umhüllte er das Herz des Mädchens. Eine warme Geborgenheit und ein Gefühl von Sicherheit stiegen tief in seinem Inneren auf, als ob es vom Universum liebevoll in den Arm genommen wurde. In diesem Moment fand das Mädchen Frieden.

Behutsam kletterte es auf den Baum und setzte sich auf einen großen Ast. Von hier oben hatte es einen weiten Blick auf die bunte Blumenwiese und das kleine Dorf, das friedlich vor ihm lag. Die Welt erschien ihm weit und voller Möglichkeiten.

In dieser Stille, hoch oben auf dem Baum, schien die Zeit zu verblassen. Es war ein Moment der Verbundenheit, in dem alles, was war, sich zu einem Atemzug vereinigte.

Die Tage wurden kürzer und die Nächte länger. Der kleine Lichtfunke spürte, dass es Zeit war, in sein Wurzelwerk zurückzukehren. Eine sanfte Freude erfüllte ihn bei dem Gedanken, all den Geschichten und Erlebnissen der Erdwesen zu lauschen – besonders denen der Zwerge, die so viel über ihre Erfahrungen mit den Menschen zu erzählen wussten.

Als er das unterirdische Reich erreichte, hörte er einen Zwerg, der aufgeregt zu einer Gruppe von Erdwesen sprach. „Nicht alle Menschen sind vertrauenswürdig", sagte der Zwerg. „Das habe ich diesen Sommer erfahren. Zuerst pflanzten sie voller Hoffnung und guter Wünsche einen Holunderstrauch. Sie gossen ihn, pflegten ihn, baten uns, sie dabei zu unterstützen. Und wir taten es – mit ganzem Herzen und voller Zuversicht. Die Feen und Elfen tanzten um die Blüten, sangen ihre schönsten Lieder und der Holunder wuchs und wuchs. Bald trug er Beeren, die sowohl den Menschen als auch den Tieren Nahrung gaben. Doch eines Abends, als der Mond schon am Himmel stand, kam ein Mensch und riss den Holunderstrauch mitsamt seinen Wurzeln aus der Erde. Mit Schaufeln und Harken arbeitete er, bis nichts mehr übrig war. Kein Mitgefühl, kein Dank – nur Kälte und Reue. Das hat mich besonders traurig gemacht."

Der Zwerg senkte den Kopf. „Die Menschen haben vergessen, dass der Holunderstrauch unserer Königin des unteren Erdreichs, Frau

Holle, zugeordnet wird. Früher saßen die Menschen unter dem Holunder, um zu meditieren. Jeder Hof hatte einen und sie glaubten, der Strauch würde alle Krankheiten und Übel aufnehmen und in der Erde vergraben. Aber heute entfernen sich die Menschen immer mehr von uns und von der Natur. Ihr Vertrauen und ihre Verbindung zu uns schwinden und damit auch das, was uns einst verbunden hat."

Der Zwerg blickte traurig auf die Gruppe der Erdwesen und Tiere. „Doch nicht alle Menschen sind gleich", fuhr er fort. „Das habe ich durch ein Gedicht gelernt, das ich einst von einer Menschenfrau vernahm. Hört selbst die Stimme des Holunders."

„Komm", flüsterte der Holunder, „setz dich zu mir. Ich erzähle dir von der Dunkelheit und dem Licht, die in meinen Zweigen ein Zuhause gefunden haben:

Meine Blüten leuchten wie kleine Sonnen,
meine Beeren tragen die Stille der Nacht.
Ich bin der Baum, der Träume bewacht.

Manche suchen bei mir Schutz vor Sturm und Schatten, andere finden in mir die Erinnerung an etwas, das sie längst verloren glaubten.

Bleib einen Moment, lausche dem Wind, der durch meine Blätter tanzt.
Er erzählt dir Geschichten von Mut und Vertrauen, von dem Leben, das du nicht sehen kannst,
aber immer fühlen wirst.

Alles, was beginnt, wird auch enden,
doch nichts vergeht je ganz.

Die Wurzeln des Lebens reichen tief –
tiefer, als du dir vorstellen kannst.

Dieses Gedicht hat mir gezeigt, dass wir auch guten Menschen begegnen können, denen das Mitgefühl noch nicht verloren gegangen ist." Der Zwerg hob den Kopf und blickte in die Runde. „Wir müssen nur gut überlegen, wem wir unser Vertrauen schenken."

Der kleine Lichtfunke dachte nach. Die Worte des Zwerges ließen ihn nicht los. „Jetzt verstehe ich, was Mama-Licht meinte, als sie sagte, dass ich nicht immer alle Taten der Menschen verstehen werde."

Der Funke schlief tief im Wurzelwerk, als ihn plötzlich ein seltsames Gefühl aufhorchen ließ. War es Traurigkeit? Hilflosigkeit? Ärger? Er spürte, dass sich ein sehr feinfühliges Wesen in seiner Nähe aufhielt – das Mädchen, das ihn so oft besucht hatte. Es lehnte dicht an seinem Stamm und der kleine Lichtfunke spürte ihre Zerrissenheit. Er versuchte langsam, mit seiner Energie an die Erdoberfläche zu gelangen, um dieses Gefühl des Unbehagens, das es durchströmte, zu verstehen.

Salzige Tränen liefen über die glatte Rinde des Baumes. Seine Gedanken schienen in der Frage „Warum?" gefangen zu sein und der kleine Lichtfunke spürte den Schmerz, der sein Herz quälte.

In diesem Moment erinnerte er sich an Mama-Lichts Worte: „Pure Liebe ist stets präsent. Sie manipuliert niemals. Sie nimmt aufmerksam wahr und ist immerzu da, wenn sie gebraucht wird."

Mit all der Kraft, die er aufbringen konnte, sandte der kleine Lichtfunke feine Energieströme über seine Baumrinde und berührte damit das Herz des Mädchens.

„Alles ist gut. Du bist Liebe, du bist Licht, die Kraft des gesamten Universums erfüllt dich", flüsterte er in Gedanken.

Immer und immer wieder wiederholte er diese Worte, ließ sie sanft in die Energiebahnen des Baumes fließen und direkt ins Herz des Mädchens. Mit jedem Atemzug von ihm spürte der kleine Lichtfunke, wie die Anspannung nachließ. Es atmete ruhiger, sein Herzschlag war gleichmäßiger und die Traurigkeit, die es umhüllt hatte, begann zu verfliegen.

Für eine lange Zeit blieb das Mädchen still, mit geschlossenen Augen und einem Lächeln auf seinem Gesicht, als hätte es tiefes Vertrauen in die Worte des Lichtfunkens gefasst. „Es vertraut Mama-Licht", dachte der kleine Lichtfunke zufrieden und zog sich langsam wieder in sein Wurzelwerk zurück, erfüllt von einem warmen Gefühl des Friedens und der Verbundenheit, das das Mädchen in seinem Herzen hinterlassen hatte.

„Du bist ein wahrhaft guter Heiler, kleiner Lichtfunke", murmelte ein Stein, der neben dem Wurzelgeflecht des Baumes lag. „Es ist gar nicht einfach, einer verletzten Menschenseele tiefe Liebe ins Herz und in die Seele fließen zu lassen."

Der kleine Lichtfunke lächelte und erwiderte: „Aber es war doch bereit, diese Liebe anzunehmen."

Der Stein seufzte leise. „Oft vergessen die Menschen auf Mama-Licht und lassen die Erinnerungen an sie in ihrem Körper und selbst in ihrer Seele fast verglühen. Dann schleichen sich Traurigkeit, Einsamkeit und eine Leere in das Innere der Menschen ein. Aber das Urvertrauen in die Schöpfung – dieses Vertrauen – lässt die Botschaft von Mama-Licht in den Herzen der Menschen wieder sichtbar werden."

„Gibt es ein Wort, das die Menschen für diese Botschaft verstehen können?", fragte der kleine Lichtfunke neugierig.

Der Stein spürte den ehrlichen Wunsch des Lichtfunkens, mehr zu verstehen. „Ob sie es wirklich verstehen, weiß ich nicht", antwortete er nachdenklich. „Aber es gibt ein Wort, das all das beschreibt. Du selbst hast es gerade eben dem Menschenkind geschenkt."

Der kleine Lichtfunke dachte nach und fühlte, wie die Worte des Steins langsam in sein Herz flossen. Dann lächelte er und flüsterte: „Liebe, einfach Liebe."

„Ja", sagte der Stein leise. „Liebe ist das, was alles heilt und was allen Lebewesen gemeinsam ist. Sie ist das Licht, das die Dunkelheit vertreibt und die Herzen öffnet."

Der kleine Lichtfunke spürte ein tiefes Verständnis in sich aufsteigen. „Liebe", wiederholte er. „Es ist so einfach und doch so tief."

Aber eines fragte sich der kleine Lichtfunke dennoch: „Wenn es die Liebe ist, warum verstehen die Menschen dann nicht, wie sie damit umgehen sollen? Wie können sie diese Liebe vergessen oder sie sogar verlieren?"

„Bei Mama-Licht im Himmel", erklärte der weise Stein, „ist dieses Gefühl immerzu präsent. Jeder Moment ist voll von Liebe. Jeder Lichtfunke trägt sie in sich, denn alles, was aus dieser Schöpfung hervorgeht, jedes noch so winzige Teilchen, besteht aus Liebe und ist ein Teil des Ganzen. Deshalb sendet Mama-Licht Lichtfunken zur Erde. Manche von ihnen kommen als Menschen, um ihre Aufgaben zu erfüllen, Erfahrungen zu sammeln, ihre Umwelt bewusst wahrzunehmen und den Sinn ihres Lebens zu begreifen. Mama-Licht selbst ist pure Liebe und gibt jedem einzelnen von ihnen mit seinem Aufenthalt auf Erden die Möglichkeit, diese Liebe auch physisch zu erfahren. Jeder Mensch ist mit dem höheren Selbst verbunden, doch die Verknüpfung zwischen Himmel und Menschsein stellt für viele eine große Herausforderung dar. In der Tier-

und Pflanzenwelt ist dies anders, denn diese Wesen ruhen bereits in ihrer Vollkommenheit."

Der kleine Lichtfunke lauschte aufmerksam und fühlte eine tiefe Bewunderung für die Weisheit des Steins. Trotz seiner scheinbaren Härte und Schwere strahlte der Stein eine feine, durchdringende Klarheit aus, die der kleine Lichtfunke tief in seinem Inneren spürte.

„Wenn alles so einfach ist", dachte er, „warum machen es sich die Menschen dann selbst so schwer?"

Gerade als er sich diese Frage stellte, berührte ihn das vertraute Lächeln von Mama-Licht. Es fühlte sich an wie die warmen Sonnenstrahlen, die sanft über seine Baumrinde strichen. „Nicht auf jede Frage wird dein Inneres sofort eine Antwort finden", flüsterte sie ihm zu. „Aber die Zeit wird kommen. Sei geduldig."

Der kleine Lichtfunke schloss seine Augen und ließ sich von ihrer Weisheit erfüllen. Es war, als würde er in einem weiten, stillen Raum sitzen, in dem er geduldig auf die Antworten wartete.

Es dauerte nicht lange und er spürte, wie seine Energie begann, sich durch die zarten Bahnen, die seinen gesamten Baumkörper durchzogen, zu bewegen. Langsam, aber sicher stieg sie hinauf.

Der Frühling kam aufs Neue. Die Natur erwachte, tief aus dem Wurzelreich unter der Erde. Grashalme und Blumen bahnten sich ihren Weg durch die Erdoberfläche und gaben der Welt neue Farben und Formen. Tiere erwachten aus ihrem Winterschlaf und die Naturwesen nahmen wieder ihre vertraute Arbeit auf.

Ja, der Frühling war da! Und mit ihm kam ein neuer Zyklus, der die Erde erneut mit Leben erfüllte. Die Zeit der Innenschau und des Rückzugs war für den kleinen Lichtfunken nun vorüber. Neue Wege, neue Pläne – so viel Neues wollte entstehen.

Er streckte sich höher und höher, ein weiteres Stückchen gewachsen, sowohl im Innen als auch im Außen. Rund um seinen Baumstamm waren bunte Blumen erblüht und es sprossen saftig grüne Gräser. Viele Naturwesen tanzten und sangen um ihn herum, als ob sie die Freude der Erde in einem lebendigen Tanz feierten.

Der Efeu, der seine Ranken um den Baumstamm des kleinen Lichtfunkens schlang, war voller fröhlicher Elfen. Sie lächelten ihm zu.

„Die Verbindung, die du zu dem Mädchen aufgebaut hast, ist wirklich etwas ganz Besonderes", sagte eine der Elfen mit einem sanften Lächeln. „Ich erinnere mich daran, wie du es in seiner Traurigkeit umhüllt hast. Seitdem spürt es, dass es dir vertrauen kann. Durch das feinfühlige Licht, das du ausstrahlst, beginnen die Menschen langsam, die Natur wieder als ihre Verbündete zu erkennen – als eine Quelle unendlicher Schätze. Heil- und Schutzpflanzen spielen dabei eine bedeutende Rolle. Unser Efeu wird ihnen helfen, ihre Ängste zu verstehen und anzunehmen. Wie ein treuer Freund steht er ihnen zur Seite und flüstert: ‚Umarme deine Angst, sie ist ein Teil von dir.

Wenn du sie annimmst, wirst du sehen, wie sie vergehen kann.' Soll ich dir eine Geschichte erzählen, die die Menschen über den Efeu erzählen?", fragte die Elfe geheimnisvoll.

„Oh ja, gerne!", strahlte der kleine Lichtfunke. „Das wäre schön."

„Also gut", begann die Elfe, „diese Geschichte handelt von der Freundschaft zwischen einem Baum und dem Efeu:

Es war einmal ein Kirschbaum, der in einem großen Garten wuchs. Die Sonne färbte seine Früchte dunkelrot und machte sie süß, der Wind zauste im Herbst seine Zweige und im Winter ließ der Schnee ihn friedlich schlafen. Im Frühling erstrahlte er in voller Blüte und wurde der schönste Baum im Garten.

Mit den Jahren wuchs er zu einem stattlichen Baum heran, der den Menschen zentnerweise saftige Kirschen schenkte. Doch die anderen Bäume, die ihn einst bewundert hatten, wurden nach und nach gefällt. Der Kirschbaum verabschiedete jeden mit seinen harzigen Tränen und blieb schließlich allein zurück.

Eines Tages begann ein junger Efeu, an seinem Stamm emporzuklettern. Der Baum, der schon alt und schwach war, begrüßte ihn mit Freude. ‚Ich bin gekommen, um dir Gesellschaft zu leisten‘, sagte der Efeu.

Nach und nach umhüllte der Efeu den Baum mit seinen grünen Blättern. Vögel nisteten wieder in seinen Zweigen und Insekten fanden Schutz. Der Efeu erzählte dem alten Baum Geschichten, wenn der Wind durch die Blätter strich, und wurde sein treuer Freund.

Als der Kirschbaum schließlich starb, hüllte der Efeu dessen Stamm ein und setzte ihm ein grünes Denkmal. Die Menschen bewunderten die Pracht des efeubewachsenen Baumes und erinnerten sich an seine Schönheit und seine Gaben.

Und so blieb der Kirschbaum im Garten und in den Herzen lebendig – dank seinem treuen Freund, dem Efeu."

„Danke, liebe Elfe", sagte der kleine Lichtfunke, „was für eine berührende Geschichte."

Er liebte die Zusammengehörigkeit zwischen den Wesenheiten und der Natur.

„Weißt du, kleiner Lichtfunke", flüsterte die Elfe zart, „oft gerät es in Vergessenheit, dass Mama-Licht uns alle zur Erde gesandt hat, um zu lernen, neue Erkenntnisse zu gewinnen, uns Aufgaben zu stellen und andere Sichtweisen zu erlangen. Es liegt immer an jedem selbst, sich daran zurückzuerinnern."

Daraufhin flog die Elfe zurück in die Ranken des Efeus.

„Die Naturwesen wissen so viel über die Menschen und Mama-Licht", dachte der kleine Lichtfunke. „Sie sind sich ihrer Schöpferkraft und ihrer Aufgaben hier auf Erden bewusst. Was für ein Geschenk, sie um mich zu haben!"

Eines Tages erblickte der kleine Lichtfunke eine Vogelfamilie, die sich in seiner Krone niederließ. Die Vogelmutter begann, ein Nest aus Federn, Gräsern und Moos zu bauen.

„Wie wundervoll es ist, solch eine Familie zu beherbergen", dachte der Lichtfunke, während die Sonnenstrahlen zwischen den Blättern spielten.

Die Tage vergingen und die Küken schlüpften aus den Eiern. Ihr fröhliches Zwitschern erfüllte die Luft und der Baum wiegte seine Äste im Wind, um die kleinen Wesen zu beruhigen, wenn die Eltern auf Futtersuche waren.

Eines Morgens beobachtete der Lichtfunke, wie eines der Küken mutig und neugierig die ersten Flügelschläge wagte. Es flatterte wild, flog einen kleinen Bogen und landete schließlich unsanft auf dem Boden. Für einen Moment war alles still.

Da spürte der Lichtfunke eine Bewegung in der Luft, als Mama-Licht ihm eine Botschaft sandte. „Manche Lektionen sind schwierig, kleiner Funke", flüsterte sie. „Doch auch das kleinste Licht bleibt Teil der großen Liebe."

Der Lichtfunke sah, wie die Vogelmutter das Küken tröstete und die anderen Kleinen mit

Geduld an das Fliegen heranführte. Es war, als würde der Wind sanft durch die Blätter sprechen: „Vertrauen ist der Schlüssel."

Die Vogelmutter bedankte sich für die Herberge, die der Baum ihnen geboten hatte. Der kleine Lichtfunke beobachtete, wie sie mit ihren Kindern davonflog, und in diesem Moment spürte er eine tiefe Ruhe in sich. Es war, als hätte er einen wichtigen Teil des Lebens verstanden – nicht nur das Teilen von Freude, sondern auch das Loslassen und die Erneuerung.

„Das ist es, was das Leben ausmacht", dachte der kleine Lichtfunke. „Das ständige Wechselspiel von Wachstum und Veränderung, von Neubeginn und Abschied. So wie die Vögel immer wieder in die Welt hinausfliegen, um sie zu entdecken, so wächst auch alles andere.

Die Natur kennt keinen Stillstand. Sie ist in Bewegung, im stetigen Wandel."

In diesem Augenblick fiel ihm Mama-Lichts Weisheit ein: „Alles ist Teil eines großen Kreislaufs, der immer weitergeht. Ohne Veränderung gibt es keinen Wandel, ohne Wandel keinen Neuanfang."

Und so spürte der kleine Lichtfunke, wie der Frühling mit all seiner Kraft zurückkehrte – eine Zeit des Wachsens und Erblühens, des Vergehens und Wiedererblühens. Der Zyklus des Lebens, der immer weitergeht in einem unendlichen Tanz von Licht und Dunkelheit, von Wurzeln und Flügeln.

Das Vergehen und Wiedererblühen waren auch bei jedem Jahreszeitenwechsel zu spüren. Manche Pflanzen zogen sich zurück ins Erdreich, während andere im Frühling erwachten, um im Herbst wieder zu gehen.

„Besonders den Menschen bereitet Veränderung große Angst", sagte Mama-Licht mit einem sanften Lächeln. „Weißt du, kleiner Lichtfunke, die Menschen haben oft das Urvertrauen in die Liebe und das Leben durch Verletzungen verloren. Sie fürchten sich deshalb, weil sie oft keine Erinnerung mehr an ihren Ursprung zulassen. Doch für das wahre Erleben des Lebens ist es so wichtig, sich mit Vertrauen auf dieses Abenteuer einzulassen. Das Leben ist im Fluss, es ist nichts Starres. Jede Veränderung ist eine Möglichkeit und eine Chance, die Dinge aus einem anderen Blickwinkel zu sehen und sie dann zu verändern."

Der kleine Lichtfunke dachte lange über die Worte von Mama-Licht nach. Eine weitere tiefgreifende Erfahrung, die er hier auf Erden kennenlernen konnte.

Der Sommer war nun ins Land gezogen. Die Kinder spielten unter dem großen, schönen Baum, kletterten bis in die Krone oder umarmten den starken Baumstamm. Es war ein Gefühl von Geben und Nehmen, von Energien, die zwischen den Menschen und der Natur flossen, wie eine leuchtende Lemniskate, die durch die Lichtkörper hindurchstrahlte. Diese Momente berührten den kleinen Lichtfunken besonders tief.

Doch eines wunderte ihn ein wenig. „Warum kommen nur Kinder zu uns Bäumen?", fragte er sich. „Erwachsene Menschen sieht man sehr selten in einem so intensiven Austausch mit der Natur. Kinder sind darin wahre Meister."

„Weißt du, kleiner Lichtfunke", erklärte Mama-Licht mit sanfter Weisheit, „die Erwachsenen haben oft verlernt, dass es ihrem Körper und ihrer Seele unendlich guttäte, im Einklang mit der Natur zu leben. Sie sind abgelenkt von der Arbeit, Verpflichtungen und Gedanken, die sie nicht abschalten können. Die scheinbar fehlende Zeit, die sie nicht aufbringen können, um sich wieder mit dem Ursprung ihres Menschseins zu verbinden, hält sie fern. Oft hat das damit zu tun, dass sich die Menschen über ihre Arbeit, das Geld und all das Materielle definieren, das ihnen in dieser Welt geboten wird. Die Erinnerungen an den Himmel, an den Lichtfunken in ihnen, treten dabei in den Hintergrund. Erst wenn es an der Zeit ist, zurück nach Hause ins Licht zu gehen, kommen diese Erinnerungen zurück. Die Erkenntnis, wie viel sie hätten spüren und erleben können, wenn sie ihrem Herzen mehr Aufmerksamkeit geschenkt hätten, stimmt sie dann oft traurig."

Der kleine Lichtfunke konnte nicht ganz verstehen, wie es sein konnte, dass man Mama-Licht, den Himmel und die Kraft der Natur hier auf Erden vergessen konnte.

„Jeder Lichtfunke, der als Mensch zur Erde kommt, hat sich im Himmel etwas vorgenommen", erklärte Mama-Licht mit ruhiger Stimme, „etwas, das er auf Erden erfahren und lernen möchte. Ein Prozess, den jeder individuell durchwandert. Erst als verdichtete Energie im Körper eines Menschen sind Erfahrungen außerhalb des Lichts überhaupt möglich. In dieser Form kann der Mensch sich selbst am intensivsten wahrnehmen und Körper, Geist und Seele verschmelzen miteinander. Das Leben ist stets in Bewegung und jeder hat die Chance, etwas daraus zu machen."

Der kleine Lichtfunke dachte eine Weile nach und stellte dann eine Frage, die ihn beschäftigte: „Aber wieso schreitest du dann nicht ein, wenn jemand traurig ist oder bevor etwas Schmerzhaftes passiert?"

„Den freien Willen, kleiner Lichtfunke, habe ich den Menschen geschenkt", antwortete Mama-Licht sanft. „Und mit diesem Geschenk habe ich ihnen versprochen, niemals in diesen einzugreifen. Das ist nicht meine Aufgabe."

Der kleine Lichtfunke verstand nun, dass der freie Wille ein Geschenk war, das jedem Menschen die Freiheit gab, selbst zu entscheiden.

„Mama-Licht ist ein Teil von uns und wir ein Teil von ihr", dachte der kleine Lichtfunke. Er wusste, dass es wichtig war, sich daran zu erinnern, und hoffte, dass auch die Erwachsenen sich dessen irgendwann bewusst würden.

Der Herbst zog ins Land und färbte die Blätter in die schönsten Rot-, Orange- und Gelbtöne. Die Früchte fielen von den Bäumen und die Natur begann, sich langsam in den Winterschlaf zu versenken.

„Eine so nährende Zeit", dachte der kleine Lichtfunke zufrieden und wanderte glücklich ins Wurzelreich zurück. Der weise Stein lag immer noch tief unten, gleich neben den Wurzeln des kleinen Lichtfunkens vergraben. Trotz der Tiefe, in der er sich befand, kannte er die schönsten Geschichten über das Leben auf der Erde.

„Wisst ihr eigentlich, dass es zu den meisten Pflanzen Märchen gibt?", fragte der Stein die

Naturwesen und Tiere ringsum. „Vor langer Zeit war der Schleier zwischen der Welt der Menschen und der Naturwesen noch sehr dünn. Die Menschen nahmen viel von dem wahr, was Elfen, Feen, Zwerge und Pflanzenwesen ihnen feinstofflich übermittelten. So lernten sie, welches Kraut bei welcher Krankheit hilft, welcher Stein unterstützend wirkt und wie sie mit der Natur im Einklang schwingen können. Oft wurden diese übermittelten Weisheiten in den Erzählungen der Menschen als Märchen weitergegeben. Da gibt es etwa die Geschichte vom Nusszweiglein, eine über das Gänseblümchen, viele Erzählungen, in denen die Rose und ihre Dornen eine wichtige Rolle spielen, und zahlreiche Geschichten über die Weide, den Apfelbaum und viele andere Baumarten."

„Kannst du uns eines der Märchen erzählen?",
fragte der kleine Lichtfunke gespannt.

„Ich kenne viele Märchen", antwortete der
Stein mit einem Lächeln. „Hört gut zu und ihr
werdet sehen, welch wichtige Rolle die Natur
darin spielt. Ich werde euch eines erzählen:

*An einem stillen Nachmittag, als der Himmel in
sanften Farben erstrahlte, lag das kleine Lichtkind
in seinem Bett und schlief friedlich. Seine Mutter,
die weise wie die Sterne und sanft wie der Wind
war, trat leise zu ihm und sah es mit Liebe an.
,Hast du deinen Schlaf gefunden, mein Kind?',
flüsterte sie. ,Schlaf gut, während ich in den Wald
gehe, um ein paar Erdbeeren für dich zu holen. Du
wirst dich bestimmt darüber freuen, wenn du er-
wachst.'*

*Im Wald fand die Mutter ein kleines Stückchen
Erde, das von den schönsten Erdbeeren bedeckt*

war. Doch als sie sich bückte, um die süßen Beeren zu pflücken, sprang plötzlich eine Schlange aus dem Gras. Sie hatte die Nähe des kleinen Lichtkindes gespürt und wollte sich nähern. Die Mutter erschrak, ließ die Beeren fallen und eilte davon, doch die Schlange folgte ihr beharrlich. Die Mutter jedoch, ruhig und gewiss, wusste, dass sie Hilfe finden würde. Sie sah sich um und entdeckte einen kleinen, unscheinbaren Haselstrauch, der in der Nähe wuchs. Ohne Zögern trat sie hinter den Haselstrauch und verharrte dort still. Die Schlange, die nicht wusste, wohin sie sich wenden sollte, zog sich schließlich zurück. Nachdem die Gefahr vorüber war, sammelte die Mutter die Beeren und machte sich auf den Heimweg. Während sie ging, dachte sie nach und sprach leise zu sich selbst: ‚So wie der Haselstrauch mich heute geschützt hat, so soll er auch den Menschen in Zukunft Schutz bieten. Möge er ihnen beistehen, wenn sie Angst ha-

ben, und sie daran erinnern, dass der Schutz der Erde immer für sie da ist.'

Und so wurde der Haselstrauch, der in der Stunde der Gefahr seine Kraft gezeigt hatte, zu einem Symbol für den Schutz und die Weisheit der Natur. Die Menschen begannen, ihn zu ehren und zu pflegen, denn sie wussten, dass er ihnen Zuflucht bot, wann immer sie in Not waren. Deshalb, so erzählen es sich die Menschen, gilt ein grüner Haselzweig seit den ältesten Zeiten als der sicherste Schutz gegen Nattern, Schlangen und alles, was auf der Erde kriecht. Die Haselrute wird zudem seit Jahrhunderten als Zeichen des Friedens und der Versöhnung verehrt."

All die Tiere und Naturwesen rundherum hatten gespannt zugehört.

„Was für ein schönes Märchen!", sagte die Haselwurzel-Elfe. „Früher haben die Menschen unsere Eigenschaften noch erkannt und gespürt. In der Steinzeit wurde Tee aus unseren Haselkätzchen gegen Erkältungen gemacht und Druiden verwendeten unsere Zweige als Zauberstäbe. Noch gar nicht lange her kamen die Menschen, um ätherische Schwingungen und seelische Bilder von uns zu empfangen. Ich habe beobachtet, dass dieses Wissen in der heutigen Zeit wieder mehr und mehr an Bedeutung gewinnt."

„Eine schöne Geschichte, die zeigt, dass die Menschen sehr wohl an die Kraft und den Schutz der Natur, an ein unsichtbares Band, das beide Seiten verbindet, glauben", dachte der kleine Lichtfunke.

„Kennst du auch eine Geschichte über uns?",
fragte eine kleine Elfe, die neugierig zwischen
den Wurzeln des Johanniskrauts hervorkroch.

„Für dich habe ich noch ein ganz besonderes
Märchen", antwortete der weise Stein und
schloss die Augen, als ob er in die Vergangen-
heit blickte. „Es zeigt, wie wichtig die Heil-
kräuter schon immer für die Menschen waren.
Doch sei gewarnt, dieses Märchen ist nichts
für sanfte Gemüter", fügte er hinzu, bevor er
zu erzählen begann.

*„Vor vielen Jahren, als die Wiesen noch wild und
unberührt waren, erlebte ein kleines, unscheinbares
Kraut seine Reise der Heilung und des Wandels. Es
war nicht das größte oder schönste, doch die Menschen wussten von seiner heilenden Kraft. Es
wuchs an einem stillen Ort, geschützt und im Einklang mit der Erde. Eines Tages jedoch, als die*

Sonne am höchsten stand, wurde das Kraut von einem Unheil heimgesucht. Ein Mann, dessen Herz von Hass und Wut erfüllt war, schlich sich heran und zertrat das zarte Kraut mit seinen schweren Stiefeln. Der Boden, auf dem es wuchs, wurde rot und der Duft des Krauts vermischte sich mit der Bitterkeit seiner Tat. Die Dorfbewohner merkten schnell, dass etwas Seltsames mit dem Kraut geschah.

Wochen vergingen und niemand erinnerte sich mehr an die traurige Tat. Doch an jenem Ort wuchs eine Pflanze, deren Blätter ein seltsames Leuchten ausstrahlten. In der Sonne blühte sie golden und der Duft, den sie verströmte, war süß und heilend. Manche, die an dem Kraut vorbeigingen, blieben stehen und staunten. ‚Was für ein seltsames Kraut‘, dachten sie. Niemand wusste, was es war, doch sein Anblick brachte Hoffnung.

Eines Tages kam eine Frau aus einem fernen Land in das Dorf. Sie hörte von der Pflanze und wollte sie sehen. Als die Frau das leuchtende Kraut erblickte, kniete sie nieder und berührte vorsichtig die Blätter. ‚Es fühlt sich an, als würde ein Hauch von Frieden in mir aufsteigen‘, sagte sie und nahm eine der Blüten in ihre Hand. In dem Moment, als sie die Blüte zusammendrückte, lief ein Tropfen, so rot wie Blut, aus der Blume. Die Frau erschrak und ließ die Blüte fallen. Doch anstatt vor Entsetzen zurückzuweichen, spürte sie tief in ihrem Inneren eine heilende Energie. Sie wusste, dass dies kein gewöhnliches Kraut war, sondern ein Geschenk der Erde.

Die Menschen begannen daraufhin, die Pflanze zu schützen, und verbreiteten ihr Wissen über das Heilkraut in allen Dörfern. Sie nannten es das ‚Lichtkraut‘, das Heilung und Frieden brachte. Doch nicht jeder freute sich darüber. Der Teufel, der von der Magie des Krauts erfahren hatte, war wütend. ‚Das ist unfair‘, murmelte er. ‚Das Kraut soll nicht in den Händen der Menschen bleiben.‘

In einer dunklen Nacht schlich er sich auf das Feld und blies seinen giftigen Atem auf die Pflanze. ‚Nun wird sie vergehen‘, lachte er, doch als die ersten Sonnenstrahlen des nächsten Morgens die Erde berührten, geschah etwas Erstaunliches. Die Pflanze, die der Teufel vernichten wollte, kämpfte sich aus der Erde und blühte heller und stärker als zuvor. ‚Das Gift des Teufels hat keine Macht über das Leben‘, dachte die Frau, die das Kraut beschützt hatte. ‚Es wird immer wiederkommen, so wie das Leben immer wiederkehrt.‘

Und so wuchs das Lichtkraut weiter, heilend und stark, ein Symbol für die unbezwingbare Kraft der Erde. Die Wunden, die der Teufel dem Kraut zugefügt hatte, blieben jedoch in den Blättern sichtbar –

kleine Narben, die von den Prüfungen des Lebens erzählten.

Die Menschen lernten aus dieser Geschichte und verstanden, dass wahre Heilung nur durch die Annahme aller Erfahrungen, auch der schmerzhaften, möglich war."

Diese Weisheit klang in den Gedanken des kleinen Lichtfunkens wieder, als er in der Stille verweilte. In diesem Moment spürte er eine tiefe Sehnsucht, seine Energie wieder durch die Äste, Blätter und Blüten des Baumes fließen zu lassen.

Die Sonne und der Wind kitzelten seine Rinde und die erfrischenden Wassertropfen, die sanft auf ihn herabfielen, erfüllten ihn mit neuer Lebenskraft. Vielleicht würde er auch die eine oder andere neue Geschichte weben.

Der Frühling war zurückgekehrt und mit ihm all die Kräfte der Natur. Nicht nur, dass der kleine Lichtfunke nun wieder in seiner ganzen Pracht erstrahlte – groß, stark und tief verwurzelt. Nein, es gab noch eine Überraschung für ihn. Seine Äste waren über und über mit kleinen, bunten Stoffbändchen behangen. Jedes Band trug eine persönliche Botschaft: Wünsche, Bitten, Danksagungen oder Geschichten, die Menschen ihm überbrachten.

Mama-Licht ließ ihre unendliche Wärme über die Erde strahlen und der kleine Lichtfunke spürte, dass dies seine Aufgabe war: Er durfte Botschaften zwischen Himmel und Erde senden, in die Welt hinaus, wie ein Bote der Liebe und des Lichts.

Am Abend, als die Sonne sich langsam dem Horizont entgegenneigte, besuchte ihn eine junge Frau, die er bereits gekannt hatte, als sie noch ein kleines Mädchen war. Sie strich liebevoll über die Rinde des Baumes und bestaunte die vielen bunten Bändchen, die seine Äste schmückten.

„Ich wusste schon immer, du bist etwas ganz Besonderes", lächelte sie. „Die Menschen suchen nach Antworten und sie finden sie in der Natur. Genau das hast du mich gelehrt. Es ist nicht wichtig, anderen zu gefallen. Wenn du liebevoll handelst, dann hast du die Botschaft von Mama-Licht verstanden."

Sie setzte sich ins Gras, dicht an den Baumstamm des kleinen Lichtfunkens. Das Gefühl der Verbundenheit zwischen Mensch und Natur war deutlich zu spüren. Es war, als würde die Zeit stillstehen, als ob der Baum und die Frau, der kleine Lichtfunke und die Erde in einem einzigen sanften Atemzug miteinander atmeten.

Tag für Tag kamen immer mehr Menschen zu ihm. Sie banden neue Bändchen an die Äste des Baumes. Wenn die Bändchen lange genug gehangen hatten, nahm der Wind sie mit – und mit ihnen ihre Wünsche, Bitten, Sorgen, Geschichten und all das, was sie geschrieben oder gezeichnet hatten. Der Wind trug diese Botschaften fort, hinaus in die weite Welt.

Viele Jahre hindurch pilgerten die Menschen zu diesem besonderen Baum, der nun ein Symbol für die Verbindung zwischen Himmel und Erde geworden war. Und während der kleine Lichtfunke seine Lebensaufgabe immer klarer erkannte, verging die Zeit für ihn in Windeseile.

Jahr für Jahr spürte er, wie seine Energien immer langsamer flossen, wie die Äste sich schwerer anfühlten und wie eine leise Erkenntnis in seinem Innersten wuchs: Sein irdisches Leben neigte sich dem Ende zu. Es war Zeit, zurück nach Hause zu gehen.

Er hatte in den Jahren zuvor so viel lernen dürfen – von den Naturwesen, den Menschen und den Tieren. All seine Erfahrungen auf der Erde fügten sich nun wie ein Puzzle zusammen. Die Weisheit, die er erlangt hatte, war tief und weit und er wusste, dass er diese Reise gemacht hatte, um genau das zu erfahren.

Im Winter, als all seine Energie sanft in den Wurzeln ruhte und die Welt in Stille gehüllt war, wusste der kleine Lichtfunke, dass der Moment des Abschieds gekommen war. Er verließ in Dankbarkeit und Liebe seine Baumhülle und trat in die tiefe Ruhe der Erde, um zurückzukehren zu Mama-Licht – in das Licht, von dem er einst gekommen war.

„Ja, Mama-Licht, du hattest recht. Es war bloß ein Atemzug, den ich auf Erden verbringen konnte, aber einer, den ich niemals vergessen werde", flüsterte der kleine Lichtfunke in die Stille des Himmels.

„Ich durfte wachsen, lernen, wahrnehmen und meine eigene Geschichte weben. Danke, dass du mir das Leben auf Erden geschenkt hast!"

Und so saß der kleine Lichtfunke nun wieder auf einer Wolke und blickte hinab zur Erde. In seinem Herzen war er erfüllt von einer stillen Freude und einem tiefen Frieden. „Irgend- wann", dachte er, „irgendwann werde ich dich wieder besuchen."

Mama-Licht umhüllte ihn mit ihren unendlich großen Lichtflügeln, sanft und behutsam. In diesem Moment spürte der kleine Lichtfunke nur eines: **Liebe** – ein strahlendes, unermessliches Gefühl, das ihn durchflutete und ihn mit allem, was war, verband.

Zeitfracht Medien GmbH
Ferdinand-Jühlke-Straße 7
99095 Erfurt, Deutschland
produktsicherheit@kolibri360.de